노곤하개

파이널 시즌 **10**

홍끼 글·그림

랜선집사 모두 모이개!

반려동물을 키우는 건 굉장히 힘든 일입니다.

힘들고, 힘들고, 또 힘들어요.

매일같이 산책과 청소를 하고, 배설물을 치우고, 털을 빗겨주고,

밥은 물론, 간식도 잘 챙겨줘야 하고 시간을 내서 놀아줘야 하죠.

병원비는 어찌 그리도 많이 나오는지,

항상 영수증을 받고 깜짝 놀라곤 합니다.

많은 집사들은 이 말에 공감하고 계실 거예요.

반려동물은 사람과 같이 감정을 느끼고 나타내죠.

혼자 있으면 외로워하고, 집사가 놀아주지 않는다면 서운해해요.

그래서 언제나 내버려두지 않고, 같이 놀고 쉬고 모든 걸 공유해요.

그렇지만 언제나 반려동물과 함께하고 싶은 사람들도

반려동물을 선뜻 데려오지 못합니다.

생명을 책임진다는 건 너무 무거운 일이고

기를 수 있는 환경, 가족의 동의, 경제적 여유로움 등

너무 많은 것들을 따져봐야 하기 때문이죠.

맞아요. 반려동물 키우지 마세요, 너무 힘들어요.

그렇지만 '랜선집사'가 되는 건

여러분도 할 수 있어요!

재구, 홍구, 말랑구 그리고 줍줍, 욘두, 매미의

랜선집사가 되어주실 분들께 이 책을 바칩니다.

2021년 10월

 멍냥집사 홍끼

차례

간식 배틀

집사의 애정을
독차지하기 위한

개 세 마리와 고양이
세 마리의 애정 배틀!

따위는 우리 집에
존재하지 않는 이야기이고

애교쟁이는
이 녀석들 둘뿐

반가울 때만
반기는 타입

남편 한정
애교쟁이

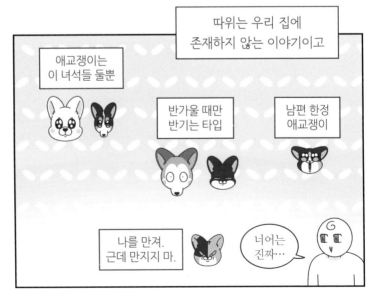

나를 만져.
근데 만지지 마.

너어는
진짜…

간식 배틀 정도는
존재한다.

남의 떡이 맛있어 보인다는 속담은
멍냥이들 사이에서도 통용되는 것으로

하지만
욘두만은 예외다.

30번가량 손으로
묻는 시늉을 한다

가루약을 섞어 먹이기 위해
매미에게는 습식 사료를 주는데

항상 줍줍이가
먼저 달려온다.

야! 안 돼 안 돼!
이거 매미 거야.

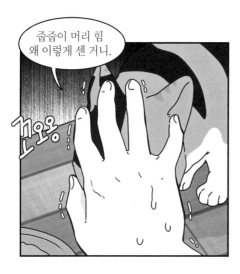

줍줍이 머리 힘
왜 이렇게 센 거니.

줍줍이를 피해 얼른
매미에게 갖다 주면

또 그런다
또.

하도 그래서 그냥 습식 사료를
새로 하나 까주면

뺏어 먹는 그 맛이
안 나네냥…

줍줍아
냥아치니?

몇 입 먹다가
말아버린다.

재구는 항상 홍구의
간식을 노리는데

까드득 까드득

잡잡

……

홍구가 잘 먹고 있을 땐
그냥 부러운 눈으로 쳐다보지만

먹지 않을 거면서
그냥 잡고만 있을 땐

꿍얼 꿍얼 꿍얼

웅월엉렁엉끙월삐익…
(안 먹을 거면 개나 주지)

이놈아
홍구가 놔뒀다가
먹겠다잖어.

히잉…

말랑구, 간식
안 먹을 거개?

짭
짭짜
짭짜

그럼 내가
먹겠개.

깽!

나는 양보 많이 해줬잖개…!

마

상!

괜히 집사 보면서 큰 한숨 쉼

퓨우우우우우…

뭐… 니가 제일 많이 먹었잖아…

+

가끔 재구는 새로운 간식을 안 먹겠다고 고집을 부린다.

재구야 먹어봐.

싫개.

다들 맛있다고 하는데, 진짜 안 먹어? 진짜?

흐아품

한번
씹어나 봐라.

！

나 이거 좋아하네…

쩝
쩝
쩝
쩝

바보 재구.

고양이와 옷장

고양이들은 가끔씩 집 안에서
사라져버리고는 하는데

줍줍아~!
욘아~!!!

불러서 나올
리가 있나…

간식 봉투 흔들기!

부스럭!

개가 왔개!

개한테
주시개.

안 돼 이놈아.
이거 고양이 거야.

어떡해요. 밖에
나간 거 아냐?

걱정..

잠깐만
있어봐.

이럴 땐 옷장
문을 열면 된다.

드르륵

짜잔~ 고양이들 다 나왔지요!

애애앵~!!!

ㅋㅋ

얘

도대체 어디서 튀어나오는 거야?

우리 집 고양이들은 옷장을 너무 좋아하기 때문에

그렇게 좋나…

그냥 살짝 열어놔둘까?

이 생각이 큰 실수였음

이따가 와서 확인해봤더니

와…!!!!

옷걸이에서 다 떨어진 옷

그거 뭉쳐서 방석 만들기

털밭

어허! 또 그런다 또!
언니가 들어가면
안 된다고 했지.

일단 머리부터
들이밀고 본다

나가!
빨리 나가.

옷에 발톱 걸고 버티기

좋아. 이제 옷장 안에
아무도 없지?

옷 갈아입기 한번
더럽게 힘드네!

그렇게 병원에 갔다가
돌아와 보니…

아마도 줍줍이는 옷장에
들어가니까 신이 나서 바로
옷에 매달렸던 것이겠지만

집사는 의심스러운 생각이
자꾸 들 수밖에 없는 것이다.

이 색기…
사람 아냐…?

그 후로는 외출할 때
머릿수를 세고 나간다.

1, 2, 3, 4, 5, 6, 좋아.
나갔다 온다~!

집사가 옷장을 철통
수비하고 있기 때문에

자석으로
여닫는 문

뚝딱

줍줍이는 침대 밑 수납장에
들어가는 방법을 익히고 말았는데

문제는 자석이라
자동으로 닫힌다는 점.

께이

이..

달칵

줍이는 새벽에 몰래 수납장에
들어가서 나오고 싶어지면

......

덜컥
덜컥
덜컥
덜컥
덜컥

줍아… 매트
위에서 자라…

끼익

화장실 갔다 온다.
문 열어놔라냥.

줍줍이의 수납장 들어가기는
새벽 내내 멈추지 않았다.

덜컥
덜컥
덜컥
덜컥
덜컥

잠 좀 자자…!

멍냥이와 청소 (1)

6마리 반려동물과 사는 집에서는
매일매일이 청소다.

친구가 우리 집에
놀러 오면

구들 안녕!

와…

야… 이거 청소기 돌려야겠는데?

너 온대서 아까 한 시간 전에 싹 돌린 거임.

오… 이게 말로만 듣던 털뿜…

나 집에 갈 때 돌돌이 좀 빌려주라.

하지만 돌돌이로도 막을 수 없는 것이 여섯 멍냥이의 털인 것이다.

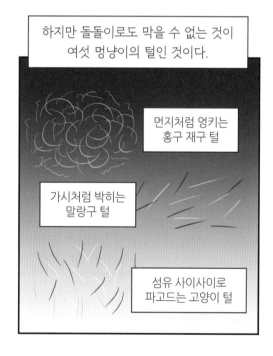

먼지처럼 엉키는 홍구 재구 털

가시처럼 박히는 말랑구 털

섬유 사이사이로 파고드는 고양이 털

다음번에는 그냥 검정 옷을 포기하겠습니다.

난 강아지 안 키울래. 가끔 보는 게 좋아.

좋은 생각이구나.

멍냥이들의 털뿜과 어지럽히기 본능은 엄청나기 때문에

휴, 다 치웠다.

헉, 청소해야겠네.

~~깨끗한 집~~ 적당히 사람 사는 집처럼 보이기 위해서는 하루 두 번의 청소를 해야 한다.

줍줍이는 화장실을 쓰고 나면

밑을 가리고 봐도 똥 싸는 얼굴…

크엄…

파바

바박

뒷발로 모래를 차면서 뛰쳐나오는데

이때 모래와 함께 방금 싼
응가가 같이 튀어나오기도 해서

응가 받아라!

항상 화장실 옆에 응가 봉투와
청소기를 비치해두고

위
이잉

고양이들의 화장실 사용이 끝날 때마다
간단하게 청소를 해줘야 하는 것이다.

누가 고양이 깨끗한
동물이라 그랬냐.

꾸릿

홍줍줍 제일
더러운데.

왁까꿍

꾸릿

줍줍이는 간식을 줘도
제자리에서 먹지 않는다.

캅!

후두둑

아니, 그릇에서
깨끗하게 먹으라구.

지저분…

줍줍이는 정말 다양한 방법으로
집을 어지럽히는데

각 맞춰둔 소파 천
어지럽히기

타닥
타닥
탁
탁

어딘가에 올려놓은 물건들
다 밑으로 떨어트리기

탁! 탁! 탁!

까까각깍!

떨어트린 물건 중 조그만 것들을
차고 놀면서 구석에 밀어 넣기

줍줍이 보면 집사 늙어요.

세월이 참
빠르구면…

가끔씩 입맛에 맞지 않는
사료를 사게 되면

재구도 집을
어지럽히곤 하는데

재구야
새 사료 먹어봐!

와르르

와 작!

……

무한반복

와그작…

아 네, 맛없는 거
잘 알겠습니다.

우수수…

그리고 우리 집 최고의
어지럽히기 장인인
말랑구가 있겠다.

따다

단!

 멍냥이와 청소 (2)

말랑구는 집사가 없을 때마다

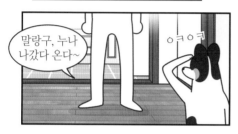

말랑구, 누나
나갔다 온다~

ㅇㅋㅇㅋ

집사의 물건을
훔치는 취미가 있는데

킥킥 킥!

주로 신발과 양말이다!

훌륭한
꼬순내군요?

꼬릿

꼬릿

말랑구는 훔친 물건들을 침대나
소파에 하나하나 올린 뒤

이런
냄새는

파괴되어야
합니다!

신나게 뜯는다.

27

그렇게
신나게 놀다가

던지개!

받개!

멈
칫

지켜보고 있다.

꺄아악

말랑구!
일로 와!

쌔
앵

고양이 집에 숨었다고 해서
누나가 모를 것 같아?

꺄아악

하면 안 되는 거 이렇게 잘 알면서 자꾸 왜 그럴까?

상습범이야 말랑구!

이이❀ 잉❀

잠깐!

직접 목격한 게 아닐 때는 말랑구가 그랬다는 걸 어떻게 확신하죠?

말랑구는 억울하다!

줍줍이가 했을 수도 있잖개!

자, 여기 범죄현장에 증거물이 있군요.

처참합니다.

증거물을 손에 들고

배 밑에 새로 산
슬리퍼가 있었다.

호다다닥

야~~~~
말랑구!!!

말랑구는 혼날 것 같으면
무한 애교를 시전하는데

이잇

아잇

누가 구르래.
예의 바르게 앉아서
죄송합니다~ 해야지.

어휴, 그만하시개.
내가 잘 타이르겠개.

말랑구 혼내지 마?
아이고, 구들 왜 이렇게 착해.

형들은 이렇게
착하고 얌전한데
말랑구는 왜 그럴까?
라고 생각하다가도

갈취 성공!

신발 발견!

찢어버리개!

아… 재구 홍구도
두 살까지는
이랬었지…

31

시간이 해결해줄 문제였다.

바보 말랑구.
무럭무럭 커라.

장판 뜯은 말랑구.

말랑구 진정하시개…

시무룩 강아지 말랑구

말랑구는 정말
시무룩쟁이다.

찰떡구
시원해?

히힛

말랑구에게
빗질을 해주다가

잠시 형아들에게
빗질을 해주면

이번엔
홍구 차례!

개무룩...

뿜

뿜

다시 말랑구한테 해주면

히힛

히

놓칠 수 없개.

1초 만에 바뀌는
말랑구 기분!

그리고 건조한 날씨에는
말랑구가 집사에게 뛰어오면

말랑구의 삐짐은
오래가는 편…

한번은 눈이 예쁘게 쌓여서

말랑구! 이거 한번 밟아봐!
진짜 푹신하다?

글쎄요.
저는 그다지…

형아들은 좋아죽잖아.
한 번만 밟아봐!

엉!

엉!

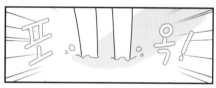

푸.. .. 옥!

꼬오옹무룩

말랑구가 싫어하는 세 가지

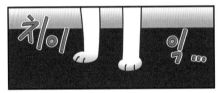

말랑구 동심 따윈
없구나…

쾌적한 게
좋습니다.

하지만 날씨가 좋으면
말랑구를 좀 더 산책시키려고
노력하는 편이다.

구들아, 날씨 진짜 좋다.
우리 산책 갈까?

낚여본 경험 多

말로만 하면
못 믿개.

진짜지롱! 짜잔!
산책 갈까?

하네스
보여주기!

하네스 싫어함

히이잉쩝쩝무룩

짭

짭

짬

짬

짜

짜

말랑구는 하네스를
정말 갑갑해한다.

불편해서
빙글빙글무룩…

말랑구는 시무룩할 일이
참 많구나…

그리고 침대에 누워 있는데
괜히 옆에 와서는

왜! 뭐!

매미 밥그릇

······

이거 먹으면
혼낼 거지?

혼낼 거
맞잖개…

한

숨

혼자 먹고 싶어 하고
혼자 시무룩

알긴
아는구나.

고양이들이 재미있게
놀고 있을 때도
괜히 끼어들다가

무룩 강아지 말랑구.

구냥이들과 생활하다가
재미있는 행동들을 목격하거나

또는 그냥 산책하고 있을 때
아~ 이랬었지! 하며 이야기가
생각날 때가 있는데

그때마다 이야기들을 모아
소재 노트를 작성하는 편이다.

그중에는 할까 말까
소재들도 있다.

어느 날은 썼던 소재인지
기억이 가물가물해서
『노곤하개』 정주행을 해보는데

자기가 그린 거
못 보는 편

[주변에 있는 웹툰 작가 괴롭히기 꿀팁]
작가가 그린 웹툰 대사 읊어주면
죽을 만큼 괴로워함

지금까지 이 병원에 찾아왔던
인간들은 모두 이미 손쓸 수도
없을 만큼 많이 망가져 있었거든…

갸아아아악!!!

그렇게 『노곤하개』
정주행 중…

그런데 내가 이렇게
더러운 것들을 많이 그렸었나.

그때 스쳐간 생각.

뭐야! 독자님들 비위 짱 좋자너?

악 랄!

그렇다면 더러움 폴더에 있는 소재들 그냥 묶어서 한 화 그려도 되겠다.

그렇게 나온 이번 화.

더러움 주의

첫 번째는 고양이의 똥꼬다.

애// 애앵!
애// 애애앵!

욘이는 다른 고양이들보다 힘차게 우는 편인데

똥꼬도 같이 운다.

애↗   애앵

귀럽네요^^

그리고 줍줍이는 아기 때 항상 베개 위에 올라와서 같이 자곤 했는데

포로록

흥흥… 너무 좋다…

자다 눈 떠보면 항상 내 코에 똥꼬를 대고 있었음.

흥흥… 저리 가주라.

구릿

구릿..

아기라서 진짜 응가 냄새 많이 남

그리고 두 번째 이야기.
어느 날 구야와 산책하다가

날씨가 너무 좋아서
동영상으로
촬영하고 있었는데

아얏! 귀여운
풀…!

괜히 감성 돋음

와…! 풀에서 묘하게
참기름 냄새가 나네.

꼬숩!

킁킁킁

킁킁

신기해서 코 박고 계속
냄새를 맡고 있었는데

뒤늦게 올라오는 지린내.

…?

여보야! 혹시 구들 여기 쉬했니?
쉬 냄새 나는 것 같은데.

응? 아닐걸?

다행이다
라고 생각했지만

파밧

파바밧

아악! 코랑 입에
다 묻었는데!!

나중에 영상 확인해보니
그 풀에 쉬한 거 맞았음.

자기 쉬야 냄새를 음미하는
집사를 본 재구

두근…

나한테
그렇게까지 관심
가져주는 것이개…?

마지막 세 번째 이야기.
어느 날 재구가 응가를 했는데

뿍 뽀봉

치우다 보니 응가
한 덩이가 사라진 것이다.

???

이상하다. 분명
두 덩이 싼 것 같은데?
한 덩이 어딨지??

아무리 찾아도 안 나와서
착각했나…? 하고
생각하며 집에 도착했는데

이상하다… 왜 집에서
똥 냄새 나는 것 같지.

끄긋

끄긋

그럴 리가요?
똥 봉투 바깥 쓰레기통에
버렸는데?

신발 밑창 홈에
정확하게 끼어 있었음.

정말…
딱 맞네…!

다 그리고 나니
이런 생각이 들었다.

……

예 뭐… 평소랑 별로
다르지도 않네요…

평소에도 충분히 더러웠다는 것을
깨닫는 이번 화였다.

여러분
고마워요…☆

??? 산책러

공원에서 산책을 하다 보면 다양한
강아지 친구들을 만나게 되는데

넌 싫개.

넌 좋개.

대화라도 해보고
호불호를 판단하라고…

가끔은 강아지가
아닐 때도 있다!

이번 화의 이야기는
다양한 산책러들!

어느 날은 구들과 산책을 하고
있는데 멀리서 정말 뚱뚱한
강아지가 걸어오고 있는 것이었다.

와! 엄청
오동통하다.

라쿤이었음

ㅎㅇㅎㅇ

진짜 오동통
이었자녀.

구야들이 싫어할까 봐
거리를 두고 계속 지켜봤는데

그때 만난 라쿤은 라쿤 중에서
핵인싸로 통하는 녀석이었는지

만나는 강아지들마다
현란한 손놀림으로 얼굴을
쓰다듬어주고 있었다.

부럽다⋯!
나도 가서 인사하면
저렇게 해주려나.

장난하시개?

어느 날은 어린이들이
롤러스케이트를 타는 작은 공간
근처를 지나고 있었는데

어?
저기 뭐 하는 거
같은데.

나 구경하고 오고 싶은데
구야 잠깐 잡아줄래요?

응. 구경하고 와요.

가까이 가보니 고슴도치가
엄청난 속도로 롤러장을
달리고 있었다.

고슴도치가 오를 수
없는 턱이 있는 곳이라

여기서 산책을
시켜주시는구나.

내가 고슴도치를 보며 귀여워하는
표정을 계속 짓고 있으니까

도치의 집사이신 아저씨께서
몹시 흐뭇한 표정을 지으심.

계속 구경하고 있었더니
아저씨 뒤로 어린이 친구
한 명이 와서는

도치야! 어~ 거기 누나한테
인사 좀 해줘라!

뭔가 들고 기다리고
있는 것이었다.

저게 뭐지?

어린이 친구는 햄스터 산책시키려고 온 거였음.

아저씨, 우리 햄스터도 같이 놀아도 돼여?

귀여워.

알고 보니 소동물 산책의 성지였던 것이다.

빨리 와…

구들 맡겨두고 와서 다행이다.

도 도 도 도 도 도

* 햄스터 볼 사용은 햄스터에게 극심한 스트레스와 위험을 유발한다고 합니다. 따라 하지 말아주세요!

또 어느 날은 종구 님 퇴근하는 거 기다린다고

와…!

?

하천 근처에서 가만히 멍 때리고 있었는데

아저씨 한 분께서 오리를 소중하게 안고 오시더니

○○이 수영할까~?

꽉

꽉

꽥

물가에 내려 주는 것이었다.

신나서 수영하는 오리를
한참 지켜보고 있었더니

첨벙
첨벙

오리 진짜
귀엽다.

너는
오리없지?

네, 없어용.

역시나 아저씨가
흐뭇하게 바라보심.

그리고 종구 님과 시장
데이트를 할 때 자주 보던

어깨에 붙이고
다니심

앵무새 산책러
아주머니 아저씨들!

와… 멋지다.

훗…

구들과 길을 지나다니다 보면
마주 오는 분들의 표정이
굉장히 나긋나긋해지곤 하는데

뭔가 집사 마음이 다 거기서
거기구나 하는 생각이 들었다.

귀여워…

구야는 걸어만 다녀도
사람들 기분 좋게 해주는구나.

✦뿌 듯!

그쵸? 우리 집 애가
진짜 예쁘죠?

우리 집 애.

강아지 키우면서 X팔렸던 만화

오늘은 잠들기 전 생각나면
이불을 팡팡 차게 되는

강아지 키우면서 ×팔렸던 썰을
풀어보도록 하겠다.

재구는 길에서 반갑게
인사해주는 사람이 있으면

와! 재구 홍구
실제로 만났다!

독자

엉덩이를 찔러보는
버릇이 있다.

와! 엉덩이 꼭
찔러보고 싶었는데!

네…?

어느 날은 너무 신나게
인사해주시는 분을 만나서

와! 너 진짜 이쁘다.
아구 이뻐! 아구아구
아구우쭈쭈

히힛 히히힛

안녕하시개!

빠악!

엉덩이를 너무 세게
찔러버렸다…

개에게 똥침을 맞고 넘어진
상황이 돼버린 것이다.

으아악!!!
죄송합니다!!!

으하학
하하헣학
ㅋㅋㅋㅋ

다행히도 마음이 넓은 분들이라
괜찮다고 해주셨다.

죄

송

○○이 보면
말해줘야지.

엌ㅋㅋㅋㅋㅋ
아까 그거 찍음?

그리고 개들은 기분이 너무 좋아서
주체되지 않는 경우 가끔
마운팅을 하기도 하는데

헥 헥 헥ㅡ

놀이의 의미로도
많이 함

재구는 횡단보도 앞에서
그냥 갑자기 기분이
너무 좋아졌나 보다.

뭐… 왜.
왜 기분
좋아졌는데.

웃지 마.
불안해.

헤

에

앗! 파란불!

잠!

야!! 야 야!
홍재구 아 진짜.

야! 잠깐
아! 놔봐.

헥헥헥헥해

아직도 그날만 생각하면
이불 차기 바쁨.

와아아악
왕아아아악!!!

그리고 어느 날은
산책 나온 재구가

홍재구
개자식!

왜 저래…

깨애애애액!!!!
깨애애애애애액!!!!

가로수 보호덮개에
발가락이 끼이고 말았다.

재구는 비명을 지르면서 몸을 벌벌 떨다가
항문낭액까지 지리고 말았고

재구야 잠깐만 참아봐.
누나가 빼줄게!

깨갱 깽
깽깽앵 깽!!!!

월월 월!

어찌어찌 발은 뺐는데 걷지도 못하고
몸은 사시나무 떨듯이 계속 떨어서

껑껑… 껑
깨애애액!!!!

덜

덜덜

아이고… 울지 마.
괜찮아. 얼른 병원 가자.

걷지 못하는 재구를
억지로 들쳐 안고
근처 병원으로 향했다.

헉… 헉헉

이럴 땐 좀 작았으면
얼마나 좋았을까 싶다.

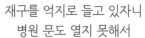
재구를 억지로 들고 있자니
병원 문도 열지 못해서

도와주세요…!
발을 심하게 다쳤어요.

얼른
들어오세요!

발 좀
보겠습니다!

……

재구의 상태는
많은 독자님의 예상대로

이쪽이 아닌가?

그쪽 맞아요.

?

아, 여기 있네.
여기 쪼금!
쪼금 찢어졌네요^^

소독만
해드릴까요?

정말이지 별게
아니었던 것이다.

……

그… 붕대 같은 거 감아주시면 안 될까요. 따가워서 이러나 싶어서…

힝!

붕대 감은 재구는 아주 잘 걸어 다녔고

끙…! 삥…!

집에서 종구 님을 보고는 또 개엄살을 부렸습니다.

이번 화 그리고 보니 ×팔린 썰 다 홍재구네요.

개자식…

삥?

엄살쟁이.

사람 같을 때 (1)

구들을 관찰하다 보면 진심으로
'애들 사람 아니야?'라는
생각이 들 때가 있다.

흠.. 줌...

사람 동생 같다는
느낌이랄까요…

재구는 내가
맛있는 걸 먹고 있으면
나를 응시하고는

누나!

오늘은
소고기 먹는 날!

누나!

그거

쿡
↗
쿡

여기
놔주시개.

쿡!
쿡!
↓

무려 코로 [여기 놔주세요]
를 할 수 있다!

와! 홍재구 천재다 천재!

왕냠냠

찹찹

다 먹고는 괜히 옆에 옴

또 줘? 없는데.

꼬윽

너 이거 어디서 배웠어.

재구는 말랑구가 흥분해서 집 안을 막 뛰어다니면

침착…

어허 말랑구 진정하시개…

말랑구를 말릴 줄도 알고

뭔가 문제가 생겼을 땐 집사를 깨울 줄도 안다.

휙… 뻥…

응… 재구 무슨 일 있어?

툭

툭

헉! 줍줍이 머리에 비닐봉지 손잡이가 끼었구나!!

쒸이익… 쒸익

착한 재구. 줍줍이가 걱정됐어? 아이 예뻐라.

줍줍이 무쩝개.

홍구는 나이를 먹어갈수록 감정 표현이 좀 더 확실해져서

옆에 있어 주시개…

덜 덜 덜 덜

예전 같으면 이 정도로 무서움을 표현하지만

요즈음은 집사를 안는다.

꽈

악

나 무쩝개.

히힝 무겁다.

자기보다 먼저 잠들면
계속 깨운다.

퍽 퍽

자지 말라고!
무섭다고!

아악! 아!
미안해…

집사가 방귀를 뀌어도
예전이라면 코만 씰룩거렸을 텐데

뿡

킁킁
킁킁킁…

요즈음은 표정부터 다르다.

킹받개…

어어? 홍홍구
표정 봐라.

째려볼 것까지는
없잖아…

자기가 뀌었을 땐
괜히 집사 쳐다봄.

그리고 아빠가 괜히
손을 자꾸 달라고 하면

그렇지만 간식이 있다면

말랑구는 비염이 있어서
코를 자주 흘리는데

엣취잇!

아아 진짜
내 옷에 닦지 말라고.

아무 데나
닦을 수는
없잖개.

내 옷에 닦는다.

어우
비위 상해.

그리고 정말로 사람 같은
고양이들이 있겠다.

집사가 방귀 뀌어서
화가 난 홍홍구.

사람 같을 때 (2)

고양이들은 정말 가만히
앉아만 있어도 사람 같다.

사우나 단골
어르신 포즈!

서 있어도 사람 같다.

빠밤

아니, 왜
서 있는 건데.

줍줍이는 다리 사이로
아슬아슬하게 지나다니곤 하는데

부빗

부빗

안 부딪혔는데
일단 소리 지른다.

악!!!

악 소리 뭐야…
사람인 줄.

꼭꼬꼬…

부딪히는 줄
알았다냐!

우리 집 고양이들은 꽤나
사람 같은 소리를 내곤 하는데

욘아!
요로롱~

응!

우리 욘이
천재다!

여보 봤어?
욘이가 부르니까 응!
하고 대답했어.

응~애애애앵애!

그중 매미는 한국말의
천재 되시겠다.

나갈래…
나갈…래옹…

매미
병원 가야지~

매미는 갑갑하고 스트레스를
받으면 한국말을 하는데

목욕할 때도 똑같다.

나갈래옹…?
안 돼옹…

나갈래옹…

쏴아

따라 하지 마.

매미는 특히 새벽에
자주 우는데

여보…

여보이…

여봉…

여보야
무슨 일 있어?

악!

고양이들은 손을 잘 사용하는 점 때문에
더 사람처럼 느껴지기도 하는데

캬하하

건방진 컵이
나에게 욕을 했다.

툭!

어이, 거기 형씨!
낚싯대 좀 흔들어봐.

너 인생
2회차지…?

휘적

휘적

재미가 없군!
그렇게 흔들어서야
쓰나.

이리 내!

팍

앗!

인생 2회차가 분명하다!!!
이거 2회차 가는 대신에
인간에게 들키지 않기
뭐 이런 거 아녀.

고양이랍니다.

아~ 우리 집 고양이
영상에 찍히기만 하면
뉴튜브 스탄데

안 찍혀서 나만
볼 수밖에 없네.

크르릉!

(집사라면 다들 하는 생각)

덕질이라는 것

작가는 연예인 덕질을 해본 적이 없다.

실제로 아는 사람이 아니라서 그렇게까지 정이 안 간달까요.

좋긴 한데 막 엄청 좋지는 않음

덕질하면서 행복해하는 친구들이 좋아 보여서 몇 번 시도해봤지만

좋아! 잘생겼으니까 오늘부터 좋아해본다!!

역시나 정들기 실패.

알아야… 정이 들지…

아싸라서 덕질도 실패!

잘생긴 거 알았으면 다 안 거 아니냐.

그렇지만 우리 집 멍냥이 덕질은 한다.

덤: 종구

움놈놈쪽쪽

여보야, 이게 덕질의 행복이라는 걸까…?

찰칵

찰칵

왜 굳이 그렇게…

일케 찍어야 더 이쁜뎅. 옹눙눙이 울액킹

나보다 더 심각한 구냥이들 덕후

항공샷♡

남편 잘 골랐네.

보통 멍냥이 덕질은
강아지파와 고양이파로
극명하게 취향이 나뉘는데

멍멍이가
최고다.

킹갓제너럴
냥냥이.

우리 집은 그런 거 없다.

둘 다
귀엽습니다.

촙!

촉!

이번 화에서는 멍냥이를 덕질하는
집사들의 특징에 대하여 알아보자.

다른 **집사**이지만

모두 못생겼습니다

1. sns에 멍냥이들 계정이 따로 있음

203 2.1만 349
게시물 팔로워 팔로잉

우리집 강아지가 세상에서 제일
귀엽습니다. 아무튼 진짜임

진심!

온 세상 사람들이 구냥이
귀여운 거 알았으면 좋겠다.

휴대폰 사진첩의 약 95%를
멍냥이 사진이 차지하고 있습니다.

내 사진 1%, 나머지는
노을 하늘 이런 거.

그래서인지
셀카 찍는 법 까먹음

이상하다. 예전엔 이렇게
안 생겼던 거 같은데.

2. 우리 집 멍냥이 굿즈 만듦

으히힉! 냠냠이 폰 케이스!

수오수네 고양이 냠냠이

3. 강아지가 본인한테 짜증 내는 거 또는 고양이한테 맞는 거 좋아함

냐르릉

크르릉…

왤까요… 알 수 없는 집사의 마음…

경멸

경멸하는 눈빛 소장각^^

찰칵

찰칵!

79

4. 꼬순내 맡는 거 좋아함

발바닥
꼬순내

정수리
꼬순내

......

솔직히 작가는
이거 공감할 수 없다.

그냥
꾸린낸데.

욘이
똥 밟았니?

5. 과일 포장재

고양이 집사라면 이 자세 또한
안 해본 사람이 없을 겁니다.

말랑구
가능!

끼유 유유

CAT
GUN!

솔직히 이거
안 해본 사람 없다.

저도 강아지 키우는데…

뭐요? 당장 보여줘요.

정말이지 실패할 일이 없는 덕질인 것이다.

네… 귀엽고… 귀엽고… 귀엽습니다.

탈덕할 일도 없음

81

구들과 인사하기

강아지들과 인사하는 방법 중
보통의 매너라고 생각되는 행동은

1. 지나가는 강아지를
함부로 만지지 않는다.

캬아악!

2. 인사하고 싶다면
보호자에게 허락을 구하고

인사해봐도
될까요?

네 그럼요.

놀라지 않게
조심히 앉아서

3. 주먹을 쥔 손을 살짝 뻗어
냄새를 맡게 해준 뒤

4. 턱 아래부터 살살
쓰다듬어주는 것이다.

그렇기 때문에 구들과
지나다니다 보면

빠안…

앗! 구들이랑
인사하고 싶으신가
보다!

인사
해주시개!

분명히 인사해보고 싶어
하시는 것 같았는데
뭔가 결심하고 떠나심.

함부로 인사하면
안 된댔어…

가지
마시개…

어쩌다 말을 걸어와도

혹시… 인사
해봐도 되나요?

네 물론이죠!

기대!

야! 이런 건 매너가 아니랬어. 티브이도 안 보냐?

지나다니는 강아지 함부로 만지는 거 아니야.

아, 그런가… 죄송합니다.

맞아요. 맞는데…

우리 집 개한텐 아님…

만지고 가셔도 되는데…

만져 주시개…

그래서 구들은 상당히 시무룩해했다.

나는… 귀여울 텐데…

힝무룩…

구들은 특이하게도 매너와 반대되는 행동을 해주시는 분들을 굉장히 좋아한다.

꺄아아악!!! 귀여워!!!!!

힉! 이러면 강아지 놀라죠?

소리 지를 만큼
귀엽대!

꺄아악

처음 마주친 사람이
굉장히 호들갑스럽고
높은 톤으로 인사를 한다면

어머어머어머멈머
어머 너무 예쁘다~!

누구신데요.

짝!

짝!

짝!

보통의 강아지는
놀랄 수 있겠지만

구들은 엄청 좋아한다.

어머머머머!!!!

엄멈멈멈머!!!

반대로 구들에게 매너를 지켜주려고
신경 써주시는 분들에게는

조심히… 앉아서
냄새 먼저 맡을 수 있게…

……

저도 조심스럽게
여기까지만…

으휴
바보.

으휴
멍청이.

어느 날은 길을 지나가는데
관광객처럼 보이는 분들이

어머 어머
진짜 귀엽다.

꺄아악

휴대폰을 보면서 즐겁게
대화하는 중이었다.

내가
귀엽대!

내가
이쁘대!!

너 아니야 관종아.

하지만 반갑게 인사해주는 분이 있어도

안녕~ 아이, 이뻐라.

쿵쿵쿵!!! 쿵쿵 쿵쿵!!!

흥미로운 냄새에 정신이 팔린 날은 데면데면하게 군다.

그래놓고 나중에 인사해주는 사람 없다고 시무룩해함.

난··· 귀여운데···

니가 아까 안 했잖아.

인사해주세요.

개들과 살면 좋은 점

멍냥이와 같이 살면서
느끼는 좋은 점은

두근!

귀여움~?

아니
그거 말고.

바로 부지런해진다는 것이다.

하겠습니다
산책.

그것이
[약속]이니까.

음!

누군가를 만날 때
약속 시간이 아침에 잡힌다면

음… 8시에
출발하면 되니까

7시 반에 일어나서
준비하면 되겠다.

보통 이 정도로
알람을 설정하지만

음… 8시에
출발하면 되니까

산책하고 나갈 거
생각하면 6시 반에 일어나서
준비하면 되겠다.

집사는 다르다.

벌써 피곤

전날 일하다가 늦게 잠들어도
늦게 일어날 수가 없다.

찰싹!

쉬 마렵개!!!

찰싹!

ㅇㅇ…
알았어…

구야. 더 자고 싶은데,
좀만 참으면 안 될까…?

방광염.

벌떡!

어, 일어날게.

89

너무 늦게까지 일해서
아침 늦게 일어나고 싶다면

자기 직전에 산책
한 번 더 시켜주면 된다.

한 번 입은 옷은
바로 빨게 되고

누워서
폰이나 볼…

여보
어디 가요.

일하러 감 ㅅㄱ

외출하고 돌아와서
피곤하더라도

나 왔…

방광염!!!!

아, 간다 간다
나간다.

집에 도착하자마자
산책을 하지 않는 건
있을 수 없는 일이다.

주택에 사는 지금은
잠깐의 여유가 생김.

한 시간만…
마당에 나가 계시면

잠깐 자고 돌아와서
산책을 꼭 하겠읍미다.

게으른지고!

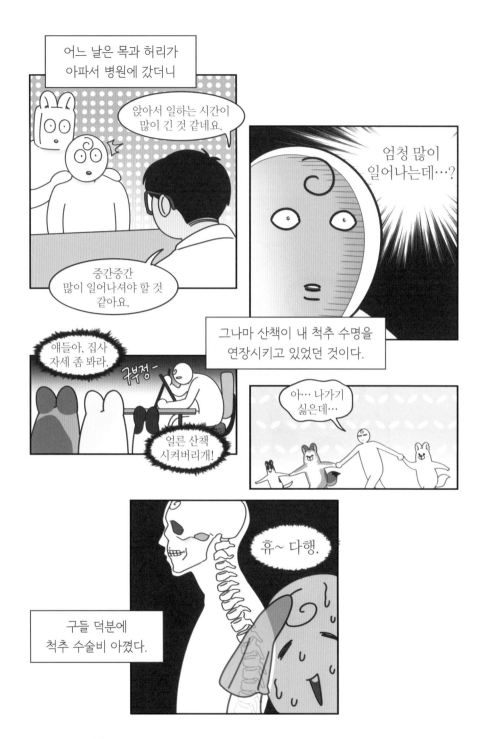

산책 안 했으면
남는 시간에 뭐 했겠나…

우다다다!

티브이나 봤겠지…
게임하든가…

진짜 구들 덕분에
겨우 건강 지키고 사는 것
같아요 그죠?

맞아요
구들이 효자네~

개고집!

?

그럼
산책 더 해.

슬쩍..

개수작
부리지 마라.

산책은 집사와 반려동물
모두를 건강하게 합니다.

끝~

실외견과 실내견

구들은 실외견에서
실내견이 되었다.

구들을 처음 데려왔을 때는
우리 가족 모두가 편견이 있던 상태로

큰 개는 실외에서 커야
행복한 거 아니야?

집 안에서
어떻게 키워.

저거 봐라. 비가 와도
실내에 와서 자는 것도 싫고 창고에서
자는 것도 싫다고 하네.

싫개.

그런가…

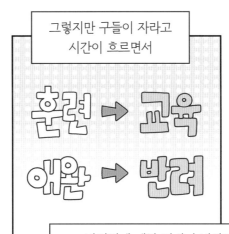

그렇지만 구들이 자라고
시간이 흐르면서

반려견에 대한 인식이 변하고
집사들이 많은 정보들을 접하게 되며

나의 생각도 많이
변해가게 된 것이다.

덥고 추운 날씨를
견디는 것도

계속 달라붙는 모기와
벌레들을 견디는 것도
분명히 힘들 텐데.

실내에 적응만 시킬 수 있으면
분명히 더 행복해지지 않을까?

당연히 부모님은
반대했고

절대 안 돼!

내가 결혼을 하면서 구들을
실내견으로 기르게 되었다.

그때 부모님의 반응은

왜 굳이 감옥 같은 집에서
개들을 기르겠다는 거니.

탁 트인 마당에서 살다가
뛰지도 못하는 집에서 얼마나
갑갑하고 힘들겠어.

신혼집에 찾아와서도
똑같은 말을 하셨다.

애들이 집 안에 있으니
살도 찌고 우울해 보인다.

얼마나
감옥 같겠나…

그렇지만 구들이 적응하는 모습을
천천히 지켜보시고는

우리 구들 왔어!
얼른 들어와!

지금은 본가에 가도
구들을 집 안에 들이신다.

구들을 실내에
처음 적응시킬 때도

정말로 갑갑해하고
불안해하면 어떡하지…?

두리번-

적응하지 못할까 봐
많이 걱정했지만

정말 아무런 적응 기간이
필요하지 않았다.

푹신한 곳
내 자리!

ㄲㅐ애
ㅇ

나도
쪼끔만…

으르렁

재구야, 네 자리
여기 있잖아.

마당에서 살 때는
손님이 오면 짖었지만

집 안에 들어온 사람은
누나한테 허락받은 사람!

실내견이 된 이후로는
손님에게 짖지 않는다.

궂은 날씨와 벌레들,
소음에서 벗어나

푹 잘 수 있게 되었고

여름에 에어컨 켜고
시원하게 지내니까

털갈이를 전처럼
심하게 안 하네.

저게 줄어든
거였어요?

홍구가 내 곁을 이렇게까지
좋아한다는 것도 처음 알게 되었다.

내가 눕기만 하면
자기도 내 옆에 누울 거래 ㅋㅋ

내 자리는…?

가까이 있다 보니
실외견일 때는 몰랐던 것들을
알게 되면서 미안해졌다.

이렇게
엄살쟁이였구나.

푹신하고 따뜻한 곳을
정말 좋아하네.

일어나.

...

산책
가야지.

물론 갑갑해하지 않게
산책을 꾸준히 시켜주는 게
가장 중요했지만 말이다.

요 몇 년간 『노곤하개』
연재를 해오면서

와, 이런 걸
남들 보라고
그려났었네…

짧은 시간 동안
반려동물에 대한 나의 인식이
이렇게나 많이 변화했다는 걸
보면 정말 놀랍다.

실외견 실내에 적응시키기

실외견이 실내 생활에 익숙해진다는 것은 주변 환경이 송두리째 바뀌는 것이므로 인내심과 노력이 필요합니다.

1. 실외에서 음식을 급여할 때 매트(또는 부드러운 담요)를 깔아줍니다.
2. 매트 위에서 매일 식사를 하도록 하고, 매트 위에 서거나 앉거나 눕는 행동에 익숙해지도록 합니다.
3. 식사가 끝나면 매트를 치우고, 다음 식사 때 다시 매트를 깔아줍니다.
4. 강아지가 매트 위에서 식사하는 것이 편안해지면 식사 시간에 매트를 챙기고 강아지에게 줄을 착용시킨 상태에서 함께 실내로 이동해봅니다. 예민한 개의 경우 문 앞에서 간식을 조금씩 급여하여 유도해봅니다. 이 과정이 강압적으로 이루어져서는 안 되고, 반려견이 시간을 두고 보호자와 함께 점진적으로 들어오기를 기다려봅니다. 처음에는 실내로 데리고 와서 몇 분 정도 짧게 머무르고, 그동안 좋아하는 간식을 급여해볼 수 있습니다.
5. 실내에 들어와서 어느 정도 진정이 되면 줄을 풀어주고 잠시 지켜봅니다.

6. 실내에 들어오지 않으려고 하면, 매트를 문과 가까운 위치에 두고 매트에서 식사를 하도록 유도해봅니다.

7. 문 앞에서 간식을 던져 급여해보고 예민해지면 다시 밖으로 나갈 수 있게 해줍니다.

8. 강아지가 실내에서 머물 장소는 방해받지 않고 조용해야 하며 좁지 않아야 합니다.

9. 편안함을 주기 위해서 강아지를 쓰다듬으며 안정적이고 부드러운 목소리로 대화합니다.

10. 강아지가 가족 구성원들을 만나거나 익숙하시 않은 가재노구, 실내 환경을 접하는 낯선 상황에서는 여러 명이 한꺼번에 달려들어 강아지와 마주하기보다 편안하게 적응하도록 시간을 갖고 기다려주는 것이 스트레스 완화에 도움이 됩니다.

11. 실내에 다른 동거견이 있다면 실외에서 먼저 만나 인사할 시간을 주고 같이 공원을 산책시켜봅니다. 이에 익숙해지면 실내에 들어와서 만나게 해줍니다. 여의치 않은 경우 실내에서는 동물을 각자 분리해주고, 밖에서 만나 산책하는 과정을 익숙해질 때까지 반복합니다. 6~8주 정도 시간이 필요한 경우도 있으므로 조급해하지 말고 천천히 노력해봅니다.

구름과 날씨 (1)

이제까지 산책이 힘들다고
토로하는 내용의 만화를
많이 그렸지만

추

욱

사실 날씨 좋을 때의
제주도 산책은 정말 행복하다.

하아아-

마주치는 사람이 많이 없어서
그만큼 긴장을 하지 않아도 되고

줄을 짧게 잡고
내 옆에 딱 붙여서
길을 걷지 않아도 됨

탁 트인 풍경을 보고 있자면
정말로 가슴이 뻥 뚫리는 기분!

이사 온 뒤로는 차 타고
오늘은 어디로 산책
가볼까? 하는 고민이

하아아-

내가 고민하던 문제가
정말 작게 느껴져요.

지도 켜봐요.
여기 좋을 것 같은데.

하루 일과 중 아주
중요한 부분이 되었다.

차를 타고 돌아다니다가
예쁜 곳이 보이면
내려서 산책하기도 하고

날 잡고 좀 멀리 나가서
새로운 곳을 잔뜩
돌아다니기도 한다.

저기
내려보자!

구야, 저기서
쉬다 가자!

개들은 풍경을 냄새로도
느낀다고 하는데 정말인가 보다.

좋은 풍경과
냄새를 만나면

입을 벌리고 헤에… 하며
한참을 감상하곤 한다.

근데 날씨 안 좋으면 지옥임.

작가는 비바람이 센 제주도에서
한 시간 만에 우산을 네 개나
부러뜨린 전적이 있다.

한 개만 더 사자.

한 개만 더 사자.

한 개만 더 사자.

한 개만 더….

그렇기 때문에
비가 오면 그냥 맞고
산책을 하게 되는 것이다.

쏴아아…

우산 쓰면
뭐 할 건데…

겨울에는 눈도 함박눈이 아닌
아주 작은 얼음 알갱이가

아아아악!!!!

바람에 엄청난 속도로
휘몰아쳐서

맞으면 얼굴에 빨간 자국이 남을 정도

이건…
아닌 것 같다…

구들도 그걸 몇 번
경험해보더니

집 앞에서 쉬야를 한 번에
다 하는 법을 깨우쳤다.

그리고 가장 무서운
제주도의 태풍이 있겠다.

구들과 날씨 (2)

제주도의 태풍은 정말 거세다.

야자수도
날아감

꺄아악

귤도
날아다님

모든 제주도민이 귤나무를
키우는 것은 아니지만
우리 집에는 귤나무가 있습니다.

히히잉!

모든 제주도민이
말을 타는 건 아니지만
나는 탐

예전 태풍 매미 때는
10년에 한 번 핀다던 용설란 꽃이
바람에 꺾이고 말았다.

이제 곧 다
피는 거였는데!!!

무려 5미터

그래서 매미도 이렇게
거세게 커버린 걸까요?

여보이♡

어감이 이뻐서
지은 이름인데…
실수한 것 같음…

보통 태풍이 오면
집에 피해가 가는 것을
가장 걱정하지만

일기예보보다 정확한
홍구 떨떨이

괜찮다

괜찮다

우리 집은 홍구가
제일 걱정이다.

뭐 해용?

홍구 눈이 튀어나올 것
같아서 무서워.

덜

덜

덜

덜

홍구의 긴장을 풀어주기 위해
자꾸 하품하는 모습을 보여주는데

흐~암

흐아아아암

진짜 졸려짐.

으악! 좀만
자면 안 될까?

펵!

홍홍구가 떠는데
어떻게 잠을!

펵!

맞아야 정신을
차리개!

······

그럼
산책 갈래?

???????????????

놀랍게도 홍구는
밖에서는 천둥을 별로
무서워하지 않는다.

근데 집에 들어오면 무서워함.

...?
어쩌라는 거지.

낑...

이불도 다 깔아놨다고!
좀 들어가서 자자.

개고집~

구들이 실외견이었을 때
태풍 오는 날 창고에
재우려고 데려가다가

싫개 싫개!!!

쑥!

쑥!

그 상태로
집을 나갔다.

집사는 태풍이 오는데
구들을 찾으러 나섰고

홍구야~!!!
재구야~!!!!

다행히 구들은
두 시간을 놀고
집에 들어왔다.

니들 진짜 누나
걱정시킬래!!!

?????
이게 뭐야.

이거 해수욕장 모래자녀.

몸에서 왜 이렇게 짠내가…

구들은 태풍 오는 날
천둥 치던 바닷가 모래사장에서
광란의 파티를 즐기고 왔던 것이다.

둠칫

둠칫

그럴 거면
천둥 무서워하지
말라고…

매미의 인내심

매미는 다른 고양이들보다
인내심이 정말 강한 편이다.

꾹꾹이도 정말 오래 하고

오늘 꾹꾹이
찢는다.

야 맴아. 그만해.
근육 생기겠다.

내가 생선을 꺼내면

117

… 맴아, 이거 너 주려면 한참 기다려야 돼.

매미는 냉동실에서 생선을 꺼낸 순간부터 해동하고 익히고 식혀서 매미에게 발라주는 시간까지

냄비 뚫리겠다;; 집요

약 30분간을 제자리에서 뚫어져라 바라본다.

엄마가 말하기를 예전에 매미가 마당에서 사냥하는 걸 지켜본 적이 있는데

깨 널어놓은 거 지키라!

10분이 지나고 20분이 지나도 한 자세로 가만히 몸을 숨기고 기다리고 있더라는 것이다.

……

그렇게 몸을 숨기고 있다가
기회를 포착하면

하지만 실제로 잡는 것과는
상관없는 이야기다.

깨객…

예전에 본가에 있다가
매미가 잠든 아빠에게
깔려 있는 것을 발견했는데

매미!!!
아빠!!

우리 매미
죽는다!!!!

진짜
무거움…

꺄아아아악!!!!

앙…?

맴아 맴아
일어나 봐!!!

매미는 이렇게까지 엄청난
인내심을 가진 것이다.

왜 깨워.

하지만 말랑구에게는 인내심 제로.

딱!

딱딱구!

매미는 말랑구가 조금만 귀찮게 해도 딱밤을 때려주는데

말랑구는 그게 또 나름 기분이 좋은가 보다.

강아지들끼리의 놀자 표현 손으로 때리기

그래서 말랑구는 항상 매미 곁을 따라다닌다.

가라.

매미는 그런 말랑구를 굉장히 귀찮아하지만

베개로는 잘 씀.

도로롱…

포로롱…

뭔가 베야
잘 자는 타입

그리고 말랑구가 뒤척일 때마다
팔을 꽉 잡고 눈치를 주는 것이다.

가만히
있으라냥.

실제로는 사이가 좋다.

나는 겁이 많다

나는 겁이 많다.

이런 건 잘 보지만
(유혈이 낭자하는 공포)

이런 건 못 본다.
(그냥 사람이 푸르스름한 것일 뿐)

방에 혼자 있을 때
괜히 등골이 오싹해질
때가 있는데

홍홍구…!
누나 옆에
같이 있어주라.

귀신을
쫓아준다는
흰 개!

귀신?

아닌데요. 인절민데요.

무쩝

개-

으흑, 됐다.

월월!

월!

꺄아아악

홍재구, 왜 허공 보고 짖냐 무섭게…

월!

으릉

그래, 누나는 재구 뒤에 있을게. 재구가 쫓아줘.

지렸개…

사람들이 생각하는
중·대형견

나를 지켜준다!

실제의
중·대형견

내가 지켜야 한다!

예전에 집 전등 수리를 위해
전기 기사님이 사다리를 들고 오자

!!!!!

타 다 다 다 다 닷

애들이 겁이
좀 많아서…

어쓱

덩치 됐다가
뭐 하나…

누나가 우리보다
크잖개…!!!

그건 그렇네.

욘이는 새벽이 되면
가끔 아무것도 없는 곳을 향해
경계하는 소리를 낸다.

55…

욘아, 무섭게
왜 그래!!

그리고 갑자기 도망감.

무섭게
왜 그러는데!!!!

파 바

바 바 박

까아아아아아악!!!

위험하게 책장 위에 올라가지 마라···

코이♡

코이는 또 뭐냐 귀엽게도 우네 정말.

이렇게 겁쟁이밖에 없는 우리 집에서 믿을 만한 건

나는 왜···

히잉이..

3kg의 작은 고양이 줍줍이뿐!

줍줍이는 이른 새벽

!

창가에 어른거리는 검은 그림자에도

허공 냥냥 펀치를 날려줄 수 있는
용감한 고양이인 것이다!!

와아! 줍줍이
최고!!!

퍽!

퍽

퍽

퍽

꺄아아아악!!!

아이고,
나는 문 아피 나동
가제 해신디.

소람들 다 깽 이신거
닮아부난게!

새벽 일찍 일하시는
동네 할머니들

정거워요
그쵸?

응!

 다이어트

나는 스트레스가 쌓일 때면 요리를 한다.

기분이 개운해지는 칼질.

야채를 손질할 때 나는 뽀득뽀득 소리도 좋고

요리하면서 나는 좋은 냄새를 맡으면 스트레스가 빨리 풀린다.

그래서인지 종구는 살이 엄청 쪄버린 것이다.

여보 때문에 살쪘잖아요?

새벽에 라면 끓여준 건 내가 아닐 텐디?

129

그리고 재구 홍구마저
중성화를 하고
살이 찌고 말았다.

행복해서 찐 살이지만 다이어트를
할 수밖에 없게 된 것이다.

그래서 이런 모양새로
산책을 하게 됐다.

어, 속도가
너무 느려집니다~

헉 헉

구들은 앞에서
속도가 빨라지면
맞춰서 뛴다

먹을 땐 행복했는데
뺄 때는 너무 힘들어요…

추 ㅡ 욱

하지만 구들은

먹을 때도
행복했지만

뺄 때는
더 행복!!!

와, 와, 진짜
부럽다.

심지어 살찌니까
더 귀여워!

개부럽!!!

살찐 재구의 요즘 별명
= 꿀돼

물론 살 빼도
멋지겠지…

부럽다…

개 같네…

그리고 구들은
식이 조절의 일환으로
간식을 줄이기 시작했는데

??? ???

고양이 간식을 줄 때마다
미묘한 표정으로 쳐다본다.

……

참 참

참

아니, 어쩔 수
없잖아…

그리고 말랑구 간식을 줄 때도
억울한 표정으로 쳐다봄.

짭
짭

짭

말랑구는!!!
말랑구만!!!!

아니… 말랑구
뼈밖에 없는 것 좀 봐라.

딱딱구…

인정이개…

구들은 집사가 밥 먹을 때
더 애절하게 쳐다보게 되었다.

호이…

부 – 담

손이라도 밑으로 내리면
손에 뭐 있나 코로 손 열어봄.

쿡쿡!

아, 없어~

쿡!

133

건강한 개를 위해 집사도
건강해져야 하는 것이다.

편식의 진실

우리 집에는 편식하는 녀석이
둘이나 있다.

살랑
살랑

그냥 일단 안 먹는 재구.
돼지인 거랑은 상관없다.
처음 먹어보는 거 싫개!!

하지만…

…!!!

그냥 일단 물어보는 욘두.
먹던 거 외에는 다 똥 취급.

재구를 계속 지켜보다 보니
알게 된 사실.

135

재구의 편식은 실제 편식이 아닌
생존 전략에 가까웠다는 것이다.

생존 전문가
삐삐구!

재구는 평소에 먹던 고기 종류가
바뀔 경우에도 편식을 하는데

닭고기
좋개!

?

아무리 고기를 권해봐도
재구는 먹지 않는데 그럴 땐
이런 방법을 써본다.

…!

의심
가득

이거 양고긴데
한 번만 먹어봐.

어허!
재구 안 돼!

안 돼! 먹으면
안 돼!

안 먹을 거였는데요?

안 돼! 앉아!
예의 바르게, 그래 손!

엎드려!
그래, 그렇게 해야
간식 먹는 거야.

시키니까 하긴 하는
멍청이

그렇게 한 후 간식을 주면
습관적으로 입을 벌리는 것이다.

아~~~

아, 안 먹는다니깐
그러네.

??? 재구 이렇게 맛있는 거 왜 안 먹어?

냥냥 냥

종구가 맛있게 고기를 먹는 모습을 보여주면

유심...

좋아. 집사가 죽지 않았군. 이 고기는 안전하개.

?!

이리 내놔!

구들! 새로 산 간식 먹어보자!!

와아아

재구는 강아지 간식을 먹을 때도 까다롭다.

이게 뭐야. 처음 보는 거개.

킁킁 킁 킁킁

처음 맡는 냄새가 난다.

말랑구 먼저 주시개!

뿔짝 뿔쩍

어허, 말랑구 안 돼! 말랑구 점프했으니까 형들 먼저 줄 거야.

자! 형아들 먼저 먹어!

싫개!

히이잉…

…? 구들 왜 안 먹어?

말랑구 먼저 먹으라고? 아이고 기특해라.

냠

그거 아닌 거 같은데…

뭔데요?

절레…

그런데 왜 길가에 떨어진 건 주워 먹어 보는 걸까요?

과수원에 가면 귤도 주워 먹으려고 해서 까서 준다

……

신뢰받지 못하는 걸까 라는 생각이 든 집사였다.

뭔가 기분이 착잡해지는데.

반려견 편식 고치기

반려견이 보호자가 주는 모든 음식을 받아먹지 않는 것을 걱정할 필요는 없습니다. 중요한 것은 체중이며, 체중이 일정하게 유지되고 눈으로 보기에 갈비뼈나 척추가 드러나는 것이 아니면 반려견은 필요한 양만큼 적당히 잘 먹으면서 체중을 유지하고 있는 것입니다. 또한 모든 개가 음식을 최고의 보상으로 생각하는 것은 아닙니다. 보호자가 주의를 기울여주고 칭찬해주는 것을 간식이나 음식보다 더 좋아하는 강아지도 많습니다. 반려견에게 동기를 부여하는 것이 무엇인지 생각해보고, 간식이나 사료 먹는 것을 강요하지 않도록 합니다.

1. 어떤 음식을 먹고 배탈이 났거나 안 좋은 기억을 갖게 되었다면, 그것이 특정 음식을 먹지 않는 원인일 수 있습니다.
2. 불안하거나 예민하면 식욕이 갑작스레 떨어질 수 있고, 심리적으로 불안한 상황에서는 음식을 먹지 않을 수 있습니다. 구체적으로 분리불안, 우울, 천둥소리, 외로움, 지루함과 같은 상황을 생각해볼 수 있습니다.
3. 나이가 들면서 갑자기 혹은 일시적으로 식욕에 변화가 올 수 있고, 간혹 질병이 있어도 그럴 수 있으므로 매월 변화가 있는지 눈여겨보고 필요한 경우 동물병원에서 진찰을 받도록 합니다.

4. 전에 먹어보지 않은 새로운 음식을 먹고 탈이 나는 경우가 있으므로 새로운 음식을 급여할 때 주의를 기울입니다. 기존에 먹던 음식에 새로운 음식을 소량 섞어서 급여하는 경우에도 갑작스러운 변화가 생기지 않도록 신경을 씁니다.

5. 바람직한 행동에 대한 보상으로 간식을 주는 것은 좋은 일이지만 간식을 지나치게 급여하면 반려견이 일상적인 식사에서 식욕을 잃을 수 있습니다. 한편, 특정 간식을 먹지 않는 개에게 그 간식을 주면서 먹으라고 재촉하는 것은 간식을 먹지 말고 지키라는 메시지로 잘못 전달되기도 합니다.

6. 식사 시간에 간식을 같이 급여하는 것은 좋지 않습니다. 식사를 잘 먹지 않는 일부 반려견은 정말 간식에만 관심이 있을 수 있는데, 이때는 간식을 별도로 급여하기보다 사료나 주식용 캔에 섞어가면서 점차 일반식으로 유도해나갑니다.

7. 사람의 음식을 반려견과 나눠 먹는 것은 득보다 실이 더 많습니다. 사람이 먹고 남긴 음식을 먹이는 것 또한 좋지 않으며, 사람이 생각하기에 적은 양도 사람보다 체구가 작은 반려동물에게는 많은 양이 된다는 사실을 염두에 둡니다.

8. 사람과 마찬가지로 강아지 또한 습관의 동물입니다. 매일 일정한 시간에 음식을 급여하고, 먹는 시간을 10~15분 정도로 제한하며, 시간 내에 먹지 않으면 음식을 치우고 다음 식사 시간에 다시 주도록 합니다.

9. 반려견이 방해받지 않고 편안하게 식사할 수 있는 장소를 제공해야 합니다.

간질거리는 부분

고양이를 보고 있으면
기분이 간질간질해진다.

눈을 마주치고 있으면,
천천히 눈을 감았다 뜨며
고로롱 소리를 내는 것도

이마를 부드럽게
쓸어주면

고롱...
고롱...

고로로롱...

기분이 좋아져서
눈끝이 붙는 것도

누워 있으면 명치에 올라와서
식빵을 굽는 것도 말이다.

뭐 해온?

으힝힝

서서히 죽이는
중이다냥…

곧 숨쉬기가
괴로워질 것이다냥!

가만히 서 있으면 다리에
머리를 콩 하고 부딪히는 것도

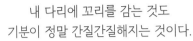
내 다리에 꼬리를 감는 것도
기분이 정말 간질간질해지는 것이다.

꾸아아아아악

줍줍이는 진짜 나를
너무 좋아하나 봐…

꼬오오오옹..

독한 것…!!
독한 인간!!!!

그런 줍줍이를
집사가 귀찮게 하더라도

줍줍이 움냠냠
뽑뽀~

줍줍이는 젠틀하게
발톱을 세우지 않고

팍

솜방망이로만
집사를 때려준다.

착한 줍줍이
솜방망이로 때려주네~

팍팍팍팍팍

때린 게 일단
착하지 않은 거 아닐까.

아니야. 때릴 만한
이유가 있으니까
어쩔 수 없는 거야.

어째서 솜방망이로
때린 겁니까욘?

쎄익..

씩...

솜방망이로 때리면
다섯 대는 더 때릴 수
있기 때문이다냥.

한 대는 타격감이
아쉽다냥.

그렇군요!

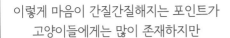

이렇게 마음이 간질간질해지는 포인트가
고양이들에게는 많이 존재하지만

간질-

간질-

구들은 이상하게
바라보기만 해도
마음이 간질간질해진다.

구들은 아무것도 안 하는데
왜 바라만 봐도 마음이
간질간질해지는 걸까…?

뭘까
이 기분…?

어쩐지
간지럽더라니.

긁적

긁적

털 때문이었다.

엣취!!!!!

어우…
코 간지러…

그렇지만 이렇게 다 같이 있자면
마음도 간질거리는 것이다.

 줄 꼬기

멍멍이들은 줄을 꼰다.

멍멍이 두 마리와 산책할 때는
이 정도로 줄이 꼬이지만

세 마리일 때,

꽈아악-

그리고 그 세 마리 중
한 마리가 말랑구일 때!

난리 법석!

* 하루에 한 번 정도 멀리 놀러 갈 때만
세 마리를 동시에 산책시킵니다.

구들은 같이 산책할 때
줄이 꼬이는 일이 생기더라도

8살의 연륜으로 현명한
대처를 하는 편인데

냄새를 맡느라
줄이 꼬이면

크로스
냄새 맡기로 푼다!

재구는 특히 줄 풀기를 잘하는 편이라
산책을 하다 나무에 줄이 꼬이더라도

재구야, 뒤로
돌아 나와.

문워크로 나오기

크~ 이게
연륜이다.

홍구도 줄 풀기를
잘? 하는 편이다.

꼬였개.

풀여주씨개.

그래, 못 풀면
가만히라도 있어.

와… 와, 정말 말랑구 너어는 줄 꼬는 클라스가 다르다 진짜.

하지만 말랑구는…

재구 아래로 들어간 후 다시 위로 점프해서 꼬기

불편…

꺄아악! 형아한테 붙어버렸개!!

쭉♥ 착한 재구…

말랑구는 본의 아니게 형들을 더 가깝게도 만들어준다.

(언짢)

말랑구는 어쩌다
나무에 줄이 꼬이면

말랑구는 그렇게 놀라서
줄을 더 꼬아버린다.

자 말랑구, 줄 다 풀었다. 이제 괜찮지?

......

울 먹!

말랑구는… 집에… 갈 것입니다…

여보야! 말랑구 집에 간대요~!

구들로서는 이해할 수 없는 일인 것이다.

말랑구 집에 간대.

왜????

미쳤나 보개.

안아주면 진정하는 편.

말랑구 아직 애기다 애기~

언제 다 클래?

둥기

둥기

다리는 길지만

포즈
왜 저래요.

몰라. 다리가 길어서
주체가 안 되나 보지.

마음은 쬐끄만
말랑구였던 것이다.

줄꼬기 달견 말랑구.

집사의 불면증

평소 쉽게 잠드는 편이 아닌 작가.

평소

자려고 누웠을 때

약간의 불면증이 있었지만 많이 좋아졌다

누워도 쉽게 잠들지 못하기 때문에

잠도 오고, 집에 보탬도 되고 일석이조다.

최대한으로 졸려질 때까지 컴퓨터 앞에서 작업을 하는 편인데

그렇지만 일찍 일어나야 하는 날이 있을 땐 어떻게든 자봐야 한다.

내일 아침에 승마 가야 되는데 잠이 안 와!!!!

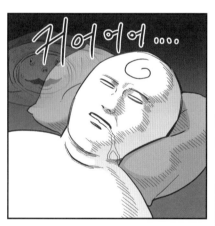

겨우 노력해서
잠이 들락 말락 해지면

스 흐 흐 으

어… 줍줍아
왜 뭐…

아 젠장

아 진짜 나한테 왜 이래.
관심 주라고 할 땐
주지도 않더니.

그냥 홍구랑
소파 위에 가서
자야겠어요.

여보,
홍구가 자꾸 내 위에
올라와서

안 돼…!
가지 마!!!

말랑구는 자꾸 내 손을
가져가서 자기 얼굴에 댄다.

쓰다듬어
주시개.

으응 그래. 근데
누나 자야 되니까

그냥 이렇게 얼굴 밑에
손 받쳐줄게.

……

그렇게 잠이 들라치면

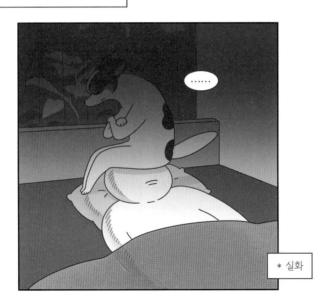

……

* 실화

와아아아아악!!!!!

왜 안 만져.

와 진짜, 말랑구 견성 실화냐?

말랑구 너어는 진짜 개매너다.

도저히 못 자겠다. 일이나 하러 가야지.

작업 중이던 원고를 켠 순간

쿠어어어…

잠이 오고 말았습니다.

비키지 못했던 이유

예전에 도시에서 살 때
구들과 길을 걷다가

또 또 관종 같은
표정 짓는다 또.

빵!

빵!

큰 개를 무서워하시는 분을
정면에서 마주치게 되었는데

아이고!
표정 보니 구들이
무서우신가 보다.

마주 오시는 분을
안심시키기 위해

구들을 앉힌 다음
꽉 껴안았다.

잘 잡았으니까
이제 지나가셔도
괜찮아요!

사실 구들은 사람이 지나다녀도
딱히 어떤 반응을 하는 편은 아닌데

관심 주세요의 눈빛과
꼬리 살랑거리기 정도

그날따라 반응이
심상치 않은 것이다.

어, 왜
이러지?

낑… 낑뻥…
퓌이잉…

마주 오시던 분도
구들의 반응에 놀라서

지나가도 되는 거 맞아요?
쟤들 왜 저를 이렇게
뚫어지게 보는 거예요?

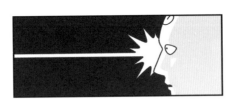

앗! 괜찮아요.
사나운 개도 아니고

제가 꽉 잡을 테니까
얼른 지나가세요!

사실 그냥 구들을 데리고
뒤로 돌아가고 싶었지만

그분 발 옆에
왕 큰 쥐가 있었기 때문에…

표정이
무서운데…

괜히 일어났다가
구들이 흥분하면
더 놀라실 것 같은데
어떡하지.

그래서 솔직히
말하기로 했다.

그… 사실 그쪽을
보는 게 아니고

찔끔!

발 옆에 왕 큰
쥐가 있어요…!

반대쪽으로 쥐가
쪼르르 나온다.

찌지직

물론 그렇게 안 해도
많이들 나와 있었음

구들을 데리고 다니지 않을 때는
딱히 유심히 볼 일이 없어서 몰랐는데

찍 찍찍

인도 옆 키 작은
나무들 밑에 정말 많다.

그리고 지금은
시골에 살아서 쥐를 더 많이
볼 수 있을 것 같지만

도시에서는 맨날 봐서
구들 좋았는데 그치?

누나는 싫었어…

정말 가끔 언뜻
보이는 정도!

구들은 마당에 나가면
딱 한 번 쥐가 나왔던 장소에서
멍을 때리는 취미가 생겼다.

쥐ㅡ멍

언젠간…
나오겠지…

그렇게 시작된 재구의 집착은
도를 지나치고 말았다.

…….

퀘

엥-

삑 삐꾸…

재구야 집에 가자.
응? 좀 들어가자.

삑 삑꾸…

삐꾸…

줍줍이의 찍찍 소리가 나는
쥐 장난감을 재구에게 줬더니

끼오옹..

찍

찌직

겨우 집에 들어오게
할 수 있었다.

쥐를 기다리는 재구.

노곤하초

고양이들을 위해 캣닢과
캣그라스를 기르던 집사.

그리고 종구 씨는
나에게도

구냥이들에게도

식물에게까지도 뭔가 먹이는 걸 너무 좋아한다는 특징을 가지고 있었다.

싸아아‥

아, 뿌리 다 썩는다. 정도껏 먹이지를 못하네 증말.

그런 말 하는 것치고 여보도 별반 다르지 않은데.

……

반박할 수 없네…

그래도 고양이들을 위해 심었던 식물들은 무럭무럭 자라서

노오력이 부족합니다옹.

시판 건조 캣닢을 사다 주면 그저 그런 반응을 보이는 고양이들도

직접 기른 캣닢을 따다 주면

이 맛에 캣닢 기릅니다.

고로록 고로록 고로록

도로로로록

너무 좋아서 굴러다니는 모습을 볼 수 있었다.

기르기 쉽다는 허브 종류를
몇 가지 성공한 뒤
자신감에 찬 집사들은

접시꽃으로 강아지 마당 펜스
주위를 다 둘러버릴 거예요.

여기에는 과일나무를
잔뜩 심어봐요!

우리 이거 열매 수확하면
뭐 해 먹을까요?

그렇게 잔뜩 심어놓은
과일나무들은

"어렸을 때부터 그렇게
교육을 시켜야…"

아 여보, 물 너무
많이 주지 말라니까.

꺄
아
아
악

포도나무 아저씨
얘기 못 들었나. 강하게
키워야 된다니께.

다 죽어버리고 만 것이다.

물을 너무
많이 줘서 그래.

……

아니야, 너무
안 줘서 그래.

그렇게 야외에서 기르던 식물들이
많이 시들어버리자

실내 식물에
눈길을 돌린 종구 씨.

실내 식물도 우리에게는
호락호락하지 않았다.

햇빛을 줘도 문제고
안 줘도 문제네.

치이이익

식물 등도 달고 노력해봤지만
아끼던 화초들은 시들해지고 말았고

뭐가 문제인
걸까요…

갑자기 얻은 삶의 지혜

끝났다고 생각했지만
끝나지 않았던 것이다…

신나서 남편과 남는 땅을
가꿔가며 먹을 것들을
잔뜩 기르기 시작했는데

이건 쑥갓이고
이건 부추, 이건 고추랑
토마토랑~

어느 날 보니
한순간에 식물들이 또
죽어 있던 것이었다.

……

다시 살아나지도
않을 것 같죠?

그렇게 절망하다
본가에 잠시 들렀더니

뿌듯

뭐야, 아빠
왜 뿌듯해 보여.

아빠가 아침 새벽부터 너희들 집 들러서

나무 옆에 난 잡초들 약 쳐서 다 살살 녹여놨지!

어쩐지… 잘 죽더라…

범인은 아빠의 사랑이었던 것이다.

꽃 파고 앉은 재구.

말랑구와 할머니

예전에 할머니가 해줬던
이야기가 있다.

이야기하는 걸
엄청 좋아하신다

나는 나가서 집에 없고,
할머니가 구들을 보고 있는데

구들이 탈출할까 봐
줄을 길게 해서 묶어두고
잠시 대문을 열어놨더니

줄이 풀려 있던 다른 개가
마당에 들어와서

으르르릉!

크릉!

재구와 싸움이 난 것이다.

177

개들이 싸우는 소리에
할머니가 얼른 밖으로 나와보니

투닥

투닥!

재구와 모르는 개가
뒤엉켜 싸우고 있었고

......

그걸 본 홍구는

재구를 물어버린 것이다.

?????!

이날만을
기다렸던
것이개.

네가···
왜···?

네가?
왜···?

네가?
왜?

다행히 할머니가 빨리 말려서 작은 생채기 정도만 났다.

할머니는 형제가 맞고 있는데, 도와주긴커녕 같이 때린 홍구를

그때부터 뺀질이라고 부르게 된 것이다.

재구는 할머니가 혼내도 가만히 누워서 미안한 표정을 짓는데

홍구는 할머니를 피해 도망가거나 집으로 쏙 숨어버리기 때문에

뺀질이라는 별명은 정말 오래가게 되었다.

그런데 할머니에게
두 번째 빼질이가
나타난 것이다!

샤샥!

속!

샥!

할머니는 두 번째 빼질이가
아주 탐탁지 않았나 보다.

독구야 괴기 먹으카?
(구야 고기 먹을래?)

큰 독꾸…

쏙!

쏙!

작은 독꾸…

……

저 촐랑생이는 무사 키움시! 어디 줘불라!

(저 촐싹이는 왜 키우는 거야! 어디 줘버려라!)

할머니가 마음을 다잡고 예뻐해주려고 해도

휙!

휙!

똥침!

······

아이고 어디 줘불라게! (줘버려!)

ㅋㅋㅋ

정신 사납다!

할머니, 얘는 내가 키울 거야. 주긴 어딜 줘~

······

여기 주고 가!
내가 키우게.

?

도꾸도 없어서
적적하난…

??????????

촐랑생이가
취향이시개.

사실은 말랑구를
예뻐하고 있었던 할머니였다.

할머니와 촐랑생이.

유기동물 쉼터 이야기 (1)

시간이 좀 더
여유로워진 요즘은

일주일에 한 번씩 남편과 함께
유기동물 쉼터에 간다.

가서 간식을 챙겨주고
빗질을 해주거나

멍! 멍!

강아지들이 엄청 기대하고
기다리는 산책을 시켜주곤 한다.

유기동물 쉼터에 있는
동물들은 대부분 오랜 시간
동안 입양되지 못했거나

토종견 믹스가
가장 많다

입양 후 파양으로
노령견과 노령묘가 되어

20살이 넘은
친구들도 있다!

유기동물 쉼터에
남게 된 친구들이다.

어렵사리 입양을 간다 해도

시간이 지나 다시 버려지지 않기는
생각보다 드문 일이다.

처음 입양한 보호자가 그 반려동물을
생명이 다할 때까지 키우는 경우는

생각처럼 많지 않다.

대부분이 더 좋은 환경,
더 좋은 곳에 보내준다는 이유로,

아이가 생겨서, 생각보다
돈이 많이 들기 시작해서,

말썽을 피운다는 이유로
파양을 하는 것이다.

제주도의 작은
유기동물 쉼터에도

그런 동물들이
몇십 마리나 있다.

그리고 남들이 버린 책임을
대신 다하는 사람도 있다.

유기동물 쉼터에서 이런저런 일들을 하고 있으면

소장님께서 보호 중인 친구들의 사연을 말씀해주시곤 하는데

계속 듣고 있자니

그런 일도 일어나는군요…

들어줄 사람이 더 있으면 좋겠다는 생각이 들었다.

그래서 그려보는 쉼터 친구들 이야기.

얘는 향기예요.

향기는 공사장 돌무더기 틈에서

어미와 함께 살던 다섯 마리의 젖먹이들 중 하나였다.

음식물 쓰레기를 주워 먹고 살던
어미 개는 주민들의 신고로

새끼 두 마리와 함께 포획되어
유기동물보호센터로 잡혀갔고

숨어 있다가 잡히지 않은
나머지 세 마리의 새끼들은

다행히도 모든 과정을 지켜보며
밥을 챙겨주던 분이 계셔서
살아갈 수 있었다.

세 마리의 새끼들은 간신히 모두
입양이 되었고, 그중 하나인 향기는

마당이 딸린 넓은
전원주택으로 가게 되었다.

잘 지낸다는 소식을
한두 번 전해 듣고
안심하고 있던 차

6개월이 지나
충격적인 전화가
한 통 걸려왔다.

향기가 밤마다
소리를 지르다가

나중에는 자기 꼬리를
물어뜯는다는 것이었다.

더럽고 징그러워서
키우지 못하겠으니
이제는 다시
데려가주세요.

……

곧바로 향기에게로 향했다.

유기동물 쉼터 이야기 (2)

도착해서 마주한
향기의 상태는

...!

정말 심각했다고 한다.

어엉...

향기는 병원에 가서
꼬리 절단 수술을 받았고

쉼터로 돌아와

지금의 짧은 꼬리 향기가 되었다.

나는 처음에 향기가 많이 새침한 성격이라고 생각했었는데

어… 여보! 이것 좀 봐.

사실 나를 향해 꼬리를 세차게 흔들고 있었던 것이다.

엉덩이 자세히 보면 꼬리 엄청 흔들고 있어요. ㅋㅋㅋㅋㅋ

붕붕

붕붕

어 진짜네~?

그리고 향기 옆에는

향기를 따라 스스로 유기동물 쉼터로 온 덕이가 있다.

스스로요??

그러게나 말이에요.

버려져서 온 애들 돌보는 것도 힘든데…

왜 그랬어 이놈아~!

덕이는 유기동물 쉼터 근처에 살던 강아지였는데

향기를 정말 좋아해서

다 다 다 다다

줄이 풀리면 항상 향기에게로 뛰어왔다고 한다.

그러다 덕이의 원래 주인이 덕이를 다른 집으로 보냈고

덕이는 그 집에서
20여 일이 넘는 기간 동안

사료를 거부하며
우울하게 지내다가

살이 빠져서
목줄이 벗겨지는 바람에

스스로 향기에게
다시 찾아왔다.

나중에 첫 번째 주인과
두 번째 주인이 덕이를
찾으러 왔지만

결국 향기와 함께

덕이는 잡히지 않으려
계속 도망 다녔고

유기동물 쉼터에서
살게 된 것이다.

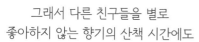
그래서 다른 친구들을 별로
좋아하지 않는 향기의 산책 시간에도

덕이는 향기와 함께
따라나설 수 있다.

둘 다 끝끝내 입양이
되지 않아서 향기는 8살,
덕이는 9살이 되어버렸지만

그 긴 시간 동안 든든한 친구와
함께였기 때문에
정말로 다행이라고 생각했다.

그리고 당연하게도 덕이처럼
제 발로 유기동물 쉼터를
찾아온 강아지는 흔치 않다.

대부분은 버려진다.

태평이는 어린 강아지였지만
그렇게 버려지고 말았다.

 # 유기동물 쉼터 이야기 (3)

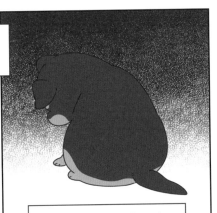

태평이는
어렸음에도 불구하고

자기가 버려졌다는 걸
아주 잘 알고 있는 듯했다.

cctv에 유기 장면이
찍혔지만

마스크와 모자로
얼굴을 가리고 있어
끝끝내 범인은 잡지 못했고

다행히 입양 전제 임보를 가게 됐지만

침울 ····

새로운 환경에 적응하기
힘들어했다고 한다.

아직 어려서 미래와 진로가
불확실했던 임보자는

그런 태평이를
책임져줄 수 없었다.

태평이는 그렇게 유기동물
쉼터에서 지내게 됐고

마침 많아졌던 또래 친구들이
태평이의 적응을 도왔다.

그렇게 태평이는 사랑스럽고
친절한 개로 자라게 된 것이다.

나한테 계속
뽀뽀해줘…

너무 착하고
또 너무 예뻐요.

엉덩이를 살짝 두드리면

엉덩이를 위아래로 흔들며
춤을 추는 개인기도 있고

깔끔한 성격이라 집 주위의 돌을
모두 한곳으로 치워놓느라

이거 태평이가
모은 거였어?

코가 까져 있기도 한다.

사람과의 친화력도,
다른 개들과의 친화력도 모두 좋아서

또다시 입양하고 싶다는
사람이 생겼지만

연락 두절되고 말았다.

꼬막맹이들의 입양을 포함해
강아지들의 입양 과정을

많은 경험은 아니지만
몇 번 지켜봐왔는데

입양 전 갑작스러운
연락 두절은 생각보다
굉장히 흔한 일이다.

연결이 되지 않아
음성사서함으로……

그리고 보니
홍구 재구를 입양하기 전에

아파트에서 기르기 힘들어서요
잘 길러주실 분 구합니다.

암컷 / 한 살 안 됐어요
계속 짖어서 보냅니다.

원래 입양하려던
강아지가 있었는데

데려가기로 한 날
갑자기 연락이 두절됐다.

…?

이제 강아지
데리러 가면 되나?

혈
유

아니 잠깐, 지금
연락을 안 받으시는데…

며칠째 연락을 받지 않자

어제 연락 오신 분이
데려가셨어요.

아…
그렇군요.

유기동물 쉼터 카페에 올라왔던 글을 보고
홍구 재구의 임보자님께 입양 문의를 했고

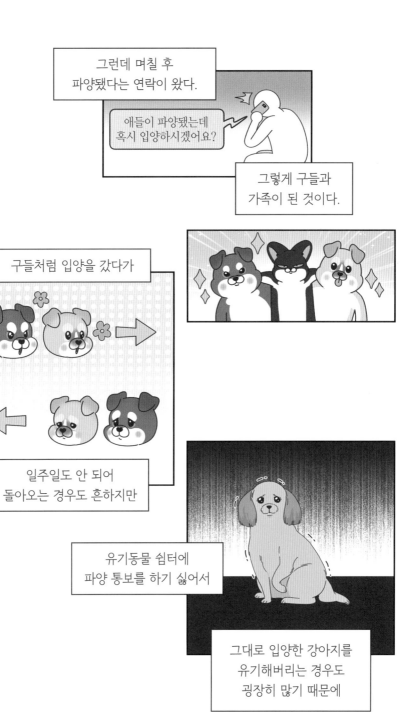

그런데 며칠 후
파양됐다는 연락이 왔다.

애들이 파양됐는데
혹시 입양하시겠어요?

그렇게 구들과
가족이 된 것이다.

구들처럼 입양을 갔다가

일주일도 안 되어
돌아오는 경우도 흔하지만

유기동물 쉼터에
파양 통보를 하기 싫어서

그대로 입양한 강아지를
유기해버리는 경우도
굉장히 많기 때문에

입양 전에

파양하고 싶다면
괜찮으니 꼭 다시 쉼터로
연락 주세요.

라고 당부하는
안타까운 경우를
많이 봤다.

그리고 파양이나
유기를 하지 않더라도

......

방치라는 이름의
문제가 생기기도 한다.

입양 홍보를 위해
영상을 찍으러 가서 만났던

한 뼘 줄에 묶여
방치됐었다.

15마리의 한뼘이네가
방치로 인해 문제를 겪은
강아지들이다.

유기동물 쉼터 이야기 (4)

한뺨이네는 조그만 스피츠 크기의

하얗고 귀여운 강아지들이었다.

갓 한두 살 정도 된 강아지들이
1미터도 안 되는 한 뼘 줄에 묶여

깨갱 깽!

굶주림과 목마름, 폭행을
견뎌내고 있었다.

그 과정에서 상처를 입은 개들도,
죽은 개들도 있었다.

낑...

봉사자들이 새로 정돈한
원래의 집으로 돌아간 뒤

몰래 시작된 주인의 폭행으로
상처가 또다시 악화되었다.

그 이후로는 쉼터에서
계속 살게 되었다.

쉼터에 자리가 없어도
어떻게든 보내지 말 걸 그랬죠.

지금은 좋은 친구들이
많이 생겼지만

애가 이리 더 아파서
올 줄 알았으면…

아직도
무섭구나…

귀동이는 그때 받은
상처가 너무 컸는지 아직도
내 손을 피하곤 한다.

나머지 강아지들은 사람도
좋아하며 따르고 건강한 편이라
전원 중성화수술을 하고

단체에서 사료와 약을 지원하며
입양을 추진하고 있다.

하얗고 작은 모습에
홍보를 열심히 하면

입양자가 몇 분 나와주지 않을까 싶어
열심히 찍어서 올려봤는데

아쉽게도 입양을 희망하는
사람은 한 명도 없었다.

애써주셨는데
죄송해요…

아니에요!
그럴 리가요.

역시 믹스견은 힘들구나
라는 생각이 들었다.

꼬막맹이들이 태어나기 전에 많이 하던 걱정이 있었는데

막맹이는 떠돌이 개니까

토종견 느낌의 개랑 짝짓기를 했을 확률이 높은데

토종개를 닮아서 입양이 너무 안 되면 어떡하지…

그런데 막상 꼬막맹이들이 태어나 보니

귀여운 점박이에 예쁜 색깔에!

밥 줘.

사람들이 너무 좋아할 외모라고 생각되는 것이다.

하지만 역시 믹스견은 입양이 되기가 힘든 것 같았다.

몸집이 커서 그렇다고들 하지만

비슷한 크기의 시바견은 항상 인기인걸…

205

그래서인지 유기동물
쉼터에 남아 있는 개들은

대부분이 믹스견이다.

다행히도 요즘은 사람들이
구들의 종을 물어봐올 때
믹스견이라고 말하면

그래서 더
예뻤구나.

그래서 더
튼튼해 보여!

라고 믹스견을 좀 더
좋게 봐주시는 듯하다.

시고르자브종이라는
귀여운 이름이 생겨난

구들과 비슷한 얼굴의
토종 믹스견 친구들이

구들처럼 더
사랑받았으면 좋겠다.

반려견의 스트레스 행동에 대처하기

1. 땅을 파요: 땅을 판다고 혼을 내거나 나중에 따로 교육을 하는 것은 행동 교정에 도움이 되지 않습니다. 바로 장난감, 간식 등으로 주의를 환기시키거나 상자에 평소 좋아하는 장난감과 다른 물건을 섞어 넣어주고 찾기 놀이를 할 수 있게 합니다.

2. 물건을 씹어요: 개, 특히 강아지들은 탐험 놀이를 하면서 씹기를 즐기고, 분리불안과 같은 스트레스 상황에서도 씹는 행동을 합니다. 이는 씹는 행동 자체가 강아지에게 안정감을 주기 때문인데, 종종 양말이나 물건을 삼키기도 하므로 주의를 기울여야 합니다. 씹기 놀이 장난감을 준비하여 반려견이 물건을 씹으면 장난감으로 주의를 환기시킨 다음, 장난감을 물고 놀면 보상과 칭찬을 해줍니다.

3. 보호자가 먹고 있는 음식을 달라고 졸라요: 평소 식탁에서 사료나 간식을 급여하지 않도록 하고, 식사하고 남은 음식을 반려견에게 주거나

식사하면서 반려견과 음식을 나눠 먹지 않습니다. 보호자의 식사 시간에 반려견을 방 안이나 반려견용 하우스로 이동시켜봅니다.

4. 낑낑거려요: 반려견이 주의를 끌려고 낑낑거리면 무시하지 말고 반려견을 바라보며 쓰다듬어줍니다. 낑낑거림을 멈추게 하려면 다시 낑낑거리는 순간에 등을 돌리고 팔짱을 끼어 다른 곳을 바라보거나 방에서 나가는 행동을 취해봅니다. 낑낑거리는 소리를 멈추는 순간에는 놀이나 간식 등으로 보상을 해줍니다.

5. 꼬리를 물어요: 분리불안이나 지루함과 같은 스트레스 상황에 놓이면 불안감을 해소하고 스트레스를 완화시키기 위해 파괴적인 행동이나 반복적인 행동을 하게 됩니다. 이러한 행동이 꼬리를 무는 증상으로 나타나기도 하고, 어떤 경우에는 보호자의 주의를 끌기 위해서 꼬리를 무는 행동을 하기도 합니다. 산책을 자주 하지 않거나 놀이를 통한 정서적 자극 활동을 학습한 경험이 없는 강아지의 경우도 꼬리를 무는 행동이 불안 심리로 나타날 수 있습니다. 꼬리에 쓴맛이 나는 제품을 뿌려주거나 아예 물지 못하도록 넥칼라를 하는 방법이 있고, 보호자의 말("안 돼." 또는 "그만.")이나 대체할 수 있는 장난감, 간식과 같은 보상으로 행동을 멈추게 하는 훈련을 할 수도 있으며, 충분한 산책과 정서적 자극을 주는 놀이가 필요한 경우도 있습니다. 반려견이 꼬리를 무는 원인이 지루함, 심리적 불안 상태 외에 알레르기, 피부염, 외부기생충 감염, 항문낭염, 상처 등일 수도 있으므로 이때는 의학적인 도움을 받아야 합니다.

노곤한 성장 앨범

매미가 처음 우리 집에 온 날

한 달 새에 많이 자랐다.

바깥 구경이 좋은 매미

매미에게
재구와 홍구라는
동생이 생겼다.

처음 본 동생이
너무 무서운 매미

하지만 금세
친해지고 말았다.

재구와 홍구는
항상 붙어서 잔다.

놀 때도 항상 떨어지지 않지.

귀가 서는 중!

홍구의 털이 하얗게 바뀌고 있다.
꼬리 끝이 검은 건 재구와 똑같다.

손 꼭 잡고 쉬는 중

셋이서 함께 일광욕 시간!

경기도로 이사 후 실내견이 되었다.

집사보다 적응이 빠른
도시견 재구와 홍구!

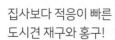

아프지만 귀여운 동생이 생겼다.
이름은 줍줍이!

줍줍이는 건강해져서
미모의 고양이가 되었다.

욘두라는 동생이 생김!

동생이 너무 좋은 줍줍이♡♡♡

제주도로 이사 후
막맹이라는 강아지가
우리 집에 들어와
새끼를 낳았다.

모두 입양 가고
말랑구 혼자 남았다.

재구와 홍구 형이 너무 좋아서
입양을 가지 못한 말랑구

뒤늦게 노곤한 하우스에 합류하게 된 매미

모두들 사이가 굉장히 좋다!

잘 때도 서로 온기를 나누는 중

행복한 노곤한 하우스♡

기르던 동물을 버리지 않기

『노곤하개』의 두 주인공 재구와 홍구는 들개 출신이다. 제주도에는 어마어마한 숫자의 유기동물이 있고 그 유기동물들은 들개화되어 사람들 틈에 섞여 살아간다. 정부 지원을 받는 동물보호센터는 전국에 300곳 정도가 있는데, 제주에서는 제주동물보호센터 단 한 곳만이 운영되고 있다. 제주동물보호센터에서 수용 가능한 동물 수는 최대 400마리다. 보호소에 입소된 동물들은 처음 열흘간 원래 주인을 찾는 공고 기간을 갖고, 주인이 나타나지 않으면 자신을 입양해줄 새 주인을 다시 열흘간 기다리게 된다. 새 주인을 찾지 못하면 안락사가 시행된다. 제주도에서는 2020년 한 해에만 4,000여 마리의 동물이 안락사되었고, 전국 안락사율 1위라는 불명예를 안게 되었다. 무엇이 이렇게 많은 유기동물을 만들어냈을까?

놀랍게도 보호소에는 '유행'이 있다. 유난히 어떤 한 종류의 강아지 또는 고양이가 보호소에 많이 보일 때가 있다. 가령 그레이트 피레니즈는 털 빠짐이 심하고 덩치가 굉장히 커서 기르기에 수월한 종이 아니다. 하지만 방송 매체에 나와서 유명해진 이후 너도나도 그레이트 피레니즈를 기르기 시작했고, 몇 년 지나 인기가 시들해지자 그때 입양되었던 강아지들이 나이 든 모습으로 돌아와서 지금은 보호소에서 많이 볼 수 있는 견종이 되어버렸다. 그 전에는 시츄나 요크셔테리어가 그랬고, 요즘은 폼피츠나 시바견이 자주 보인다. 그래도 이들은 품종견이기 때문에 또 한 번의 기회가 찾아오기도 한다.

보호소에서 가장 입양이 힘든 종은 믹스견일 것이다. 믹스견은 재구와 홍구, 그리고 말랑구처럼 품종을 정의할 수 없는 개들을 말한다. 한국에서 믹스견에 대한 인식은 별로 좋지 못하다. 지금은 많이 나아졌지만 옛날에는 재구나 홍구도 산책을 하다가 똥개, '종도 없는 개'라는 말을 들은 적이 있고, 시베리안 허스키를 닮은 재구의 외모를 보고 '시베리안 허스키가 맞냐'고 묻더니 시베리안 허스키가 얼마나 좋은 개이고 자기가 허스키를 얼마나 비싸게 데려와서 기르고 있는지를 일장 연설한 사람도 있었다. 재구를 보며 "그래, 허스키가 이렇게 생겼을 리 없지"라고도 했는데, 재구는 허스키가 아니라 재구이기 때문에 당연히 그냥 재구처럼 생겼다. 그렇다고 재구가 못났는가 하면, 절대 아니다. 어딜 가도 잘생긴 개라는 소리를 듣고, 집사인 내가 봐도 정말 예쁘다! 이렇게 멋진 재구를 종이 없다는 이유로 폄하할 수는 없는 일이다. 종은 그저 종일 뿐이다. '이렇게 생긴 개를 이런 이름으로 부르자'라는 합의가 있었던 것일 뿐, 그 이상도 이하도 아닌 것이다.

실제로 안락사가 없는 제주도의 많은 사설 보호소의 대부분을 차지하고 있는 것은 믹스견과 코리안 쇼트헤어다. 입양 가기가 쉽지 않아 노령견, 노령묘가 되도록 보호소에 남은 것이다. 가끔 유기동물 쉼터로 가서 그런 동물들을 산책시켜주고, 밥과 간식을 나눠 주거나 청소를 돕는데, 모두 저마다의 예쁨과 귀여움이 있고 다 다른 성향을 가지고 있어서 '얘는 이런 가족이 입양해주면 좋겠다', '얘는 이런 곳에서 살면 좋겠다'는 생각을 하게 된다. 그런데 실제 입양되는 일은 굉장히 적다. 아직은 믹스견에 대한 많은 편견에서 벗어나기 어려운 듯하다.

사실 유기동물 문제에 있어서는 '보호소에서 입양하기'보다 '기르던 동물 버리지 않기'가 훨씬 더 중요하다. 버리는 것은 말 그대로 내다 버리는 것만 뜻하지 않는다. 집 나간 동물을 찾지 않는다든가, 일부러 나갈 수 있는 환경을 만들고 방치한다든가, 흔히 하는 말로 '공기 좋은 시골에 줬다'고 하는 것도 사실상 버린 것이다.

동물을 버리는 과정이 어려웠다면 그렇게 쉽게 버릴 수 없었을 것이라고 생각한다. 동물을 기르기 전에 더 알아보고 공부하고 경험하여 동물을 기를 때 어떤 어려움이 따르는지 느껴볼 필요가 있다. 이 글을 읽는 여러분은 부디 동물을 기르기 전에 심사숙고하여 입양하고, 끝까지 버리지 말고 책임감 있게 돌봐주시길 바란다. 이런 인식이 모이고 커진다면 나중에는 유기동물 보호소에서 입양해줄 사람이 없어 죽어가는 동물들도 사라지지 않을까.

 **10**

글·그림 | 홍끼

초판 1쇄 인쇄일 2021년 10월 8일
초판 1쇄 발행일 2021년 10월 15일

발행인 | 한상준
편집 | 김민정·강탁준·손지원·송승민·최정휴
자문 | 한준근(분당 펫토피아동물병원 원장)
디자인 | 김경희
마케팅 | 주영상·정수림
관리 | 양은진
종이 | 화인페이퍼
제작 | 제이오

발행처 | 비아북(ViaBook Publisher)
출판등록 | 제313-2007-218호(2007년 11월 2일)
주소 | 서울시 마포구 월드컵북로 6길 97(연남동 567-40 2층)
전화 | 02-334-6123 전자우편 | crm@viabook.kr
홈페이지 | viabook.kr

ⓒ 홍끼, 2021
ISBN 979-11-91019-56-8 04810